Spring
über deinen Schatten

KNESEBECK

Habe Wünsche

Man muss nicht nur dankbar sein für das, was man ist und hat. Wichtig ist es auch, dass man Wünsche und Ziele hat. Aber man muss auch daran glauben, dass sie wahr werden können. Auch die stärksten Mauern konnten fallen und die Menschen bis zum Mond fliegen – weil sie an ihre Träume geglaubt haben.

König

Fühle dich wie ein König in deinem Leben und regiere mit Liebe in deinem Königreich, dann werden die Dinge sich so ordnen, wie es gut für dich ist.

Sei subjektiv

Selbst das Objektiv einer Kamera sieht nur einen Teil der Welt. Der Mittelpunkt des Lebens sollte da liegen, wo man gerne hinschaut – ohne zu vergessen, was rechts und links davon ist.

Freue dich an kleinen Dingen

Wer nicht lernt, auch die schönen Kleinigkeiten
zu bemerken und dankbar anzunehmen,
wird den Lichtstrahl, der aus der Tür
zum großen Glück fällt, übersehen und einfach
daran vorbeigehen.

Kette dich nicht an

Halte nicht krampfhaft an Dingen oder Gewohnheiten fest. Lass dein Leben nicht von Zwängen bestimmen, sondern gehe unbeirrt den Weg zu deinem Ziel.

Sei wie du bist

Du wirst merken, dass deine Freunde dich mögen – gerade wenn du dich nicht verbiegst.
Gute Freunde erkennst du daran, dass sie dich mitsamt allen Ecken und Kanten lieben.

Bleibe beweglich

Einen Luftsprung in Gedanken macht man am leichtesten, wenn man sowohl im Kopf als auch mit dem Körper beweglich bleibt.
Die Zeit, die man braucht, sich fit zu halten, bekommt man dadurch zurück, dass man die Energie hat, Aufgaben schneller lösen zu können.

Vertraue deinen guten Seiten

Schaue auf deine positiven Eigenschaften. Mache dir deine Stärken bewusst und nutze sie. Dann fühlst du dich gut und die negativen Dinge treten in den Hintergrund.

Hau auf die Pauke

Sag, was du denkst, und nimm nicht
immer ein Blatt vor den Mund.
Fühle dich frei, das zu tun,
was für dich wichtig ist. Nimm Rücksicht,
aber achte auch auf dich selbst.

Arbeite an deinen Aufgaben

Probleme, denen man
aus dem Weg geht, kehren immer
wieder zurück.
Alle Lösungsmöglichkeiten durchzugehen
und konsequent diejenige zu verfolgen,
die sich am besten anfühlt,
bringt am schnellsten weiter.

Nutze die Zeit

Lernen, lachen, leben,
die Zeit mit schönen Dingen
zu verbringen, erfüllt dein Leben
und gibt ihm seinen Wert.

Setze Schwerpunkte

Trenne Wichtiges von Unwichtigem und verliere dich nicht in Kleinigkeiten. Überlege, was für dich und deine Umgebung bedeutsam ist. Lass dich nicht durch Zeitfresser davon abhalten, die großen Aufgaben des Lebens anzupacken.

Versteck dich nicht

Jeder Mensch ist wertvoll und wichtig,
gerade so, wie er ist.
Sei einfach du und verbiege dich nicht
anderen zuliebe.

Sei Frosch und Prinz

Sage »Nein« wenn du es so meinst, und sei begeistert, wenn dich etwas überzeugt. Bilde dir deine eigene Meinung zu den Dingen und übernimm nicht einfach die von anderen.

Auf zu neuen Ufern!

Jeder Tag ist gut, um Neues zu erleben
oder Dinge anders zu machen als bisher.

Lebe – jeden Tag!

Den ersten Schritt zu machen
ist der beste Anfang, seine Träume
zu verwirklichen.

Hab Musik in dir

Sei heiter! Gehe dein Leben mit Freude an.
Wenn es um dich herum einmal »grau« ist,
bring selbst Musik und Farbe in dein Leben.

Halte nicht an Altem fest

Lass los!
Entrümpeln erleichtert, ob es sich nun
um die Wohnung handelt oder
um alte Angewohnheiten. Neues kann nur
geschehen, wenn man das Alte gehen lässt.

Trau dich!

Sei du – und lebe dein Leben so, wie du es schon immer leben wolltest.
Nur du selbst kannst es.

Spring über deinen Schatten!

Abschalten

Eine Auszeit nehmen.
Nur wer auch Pausen macht, hat Freude
an dem, was er tut.
Pausen bringen wieder Spannung ins Leben.
Auch die größte Sinfonie lebt davon,
dass die Instrumente nicht
immer gleichzeitig spielen,
sondern auch Pausen haben.

Bibliografische Information Der Deutschen Nationalbibliothek
Die Deutsche Nationalbibliothek verzeichnet diese Publikation in der Deutschen Nationalbibliografie;
detaillierte bibliografische Daten sind im Internet unter http://dnb.d-nb.de abrufbar.

Deutsche Originalausgabe
Copyright © 2009 von dem Knesebeck GmbH & Co. Verlag KG, München
Ein Unternehmen der La Martinière Groupe

Konzept und Gestaltung: Atelier Georg Lehmacher, Friedberg (Bay.), www.lehmacher.de
Umschlaggestaltung und Satz: Atelier Georg Lehmacher
Druck: L.E.G.O. S.p.A.
Printed in Italy

ISBN 978-3-86873-094-4

Alle Rechte, insbesondere das Recht der Vervielfältigung und Verbreitung, vorbehalten.
Kein Teil des Werkes darf in irgendeiner Form (durch Fotokopie, Mikrofilm oder
ein anderes Verfahren) ohne schriftliche Genehmigung des Verlags reproduziert oder unter
Verwendung elektronischer Systeme verarbeitet, vervielfältigt oder verbreitet werden.

www.knesebeck-verlag.de